L'a

ROMA

Nº 3

Baleines à bâbord!

Les éditions Scholastic

Texte : Eva Moore

Illustrations : John Speirs

Adaptation française : Isabelle Allard

D'après les livres de *L'Autobus magique* de Joanna Cole,
illustrés par Bruce Degen.

L'auteure aimerait remercier Caroline M. DeLong, du Programme de recherche sur les mammifères marins de l'Institut de biologie marine de Hawaï, de ses conseils pendant la rédaction de ce manuscrit.

Données de catalogage avant publication (Canada)

Moore, Eva
Baleines à bâbord!

(L'autobus magique roman de science; #3)
Basé sur L'autobus magique, livres écrits par Joanna Cole
et illustrés par Bruce Degen.
Traduction de : The wild whale watch.
ISBN 0-439-98643-5

1. Baleines – Ouvrages pour la jeunesse. I. Speirs, John.
II. Allard, Isabelle. III. Cole, Joanna. IV. Titre.
V. Collection : Autobus magique roman de science; #3.

QL737.C4M5614 2001 j599.5 C00-932997-8

Édition publiée par Les éditions Scholastic,
175 Hillmount Road, Markham (Ontario) L6C 1Z7.

5 4 3 2 1 Imprimé au Canada 01 02 03 04

INTRODUCTION

Je m'appelle Catherine. Je suis l'une des élèves de la classe de Mme Friselis.

Vous avez peut-être entendu parler de Mme Friselis (nous l'appelons parfois Frisette). C'est une enseignante formidable, mais... étrange. Son sujet préféré est la science, et elle connaît *tout*.

Elle nous emmène souvent en excursion dans son autobus magique. Et croyez-moi, il porte bien son nom! Une fois à bord, nous ne savons jamais ce qui nous attend.

Mme Friselis aime nous surprendre, mais en général nous savons qu'elle nous prépare une leçon spéciale, juste à sa façon de s'habiller.

Un jour, Mme Friselis est arrivée en classe vêtue d'une robe jaune parsemée de taches violettes. En nous approchant, nous nous sommes aperçus que les taches étaient en réalité de petites baleines. J'ai déjà vu des baleines à la télévision, mais je n'aurais jamais pensé en voir une vraie de vraie! Grâce à Mme Friselis, j'ai pu observer une baleine de plus près que je ne l'aurais cru possible. Laissez-moi vous raconter ce qui s'est passé.

CHAPITRE 1

— Mme Friselis est en retard, dit Thomas en regardant l'horloge accrochée au mur de la classe. D'habitude, elle est déjà là quand nous arrivons.

Nous sommes tous assis à nos pupitres, prêts à commencer la journée avec une leçon de science.

— C'est vrai, ajoute Hélène-Marie. D'habitude, elle n'est jamais en retard pour la leçon de science.

Juste à ce moment, la porte s'ouvre. Mme Friselis entre d'un pas vif, une grande enveloppe bosselée dans les mains.

— Bonjour, tout le monde! lance-t-elle. Je suis désolée de vous avoir fait attendre. Il fallait que j'aille chercher du courrier important au bureau.

Elle brandit l'enveloppe :

— Voici les billets pour notre prochaine excursion, annonce-t-elle. Je vous promets que vous vous amuserez tellement que vous rirez comme des baleines... »

— J'ai deviné! s'écrie Kisha. Je parie que nous allons observer des baleines.

— C'est bien ça, Kisha, confirme Mme Friselis. J'ai demandé à mon vieil ami le capitaine Gilles de m'envoyer des billets pour une excursion d'observation de baleines sur son bateau, le *Neptune*. Nous y allons aujourd'hui.

— Youpi! crie Raphaël. J'ai hâte! J'ai toujours voulu voir une véritable baleine.

— Moi aussi, dit Thomas. J'espère que nous pourrons observer des baleines bleues. Elles sont énormes!

— Nous verrons peut-être une baleine bleue, dit Mme Friselis, mais je ne peux pas vous le garantir. Toutes sortes de baleines vivent dans les mers du globe. Aujourd'hui, nous allons voir des baleines qui vivent au large de la côte de la Nouvelle-Angleterre.

Mme Friselis sort un paquet de brochures de son enveloppe et nous les distribue.

— Le capitaine Gilles connaît bien les baleines. Voici un exemplaire de son guide. Il est rempli de détails formidables sur ces mammifères étonnants.

Le grand bleu

par Thomas

Le rorqual bleu est le plus gros animal à avoir vécu sur terre. Sa longueur dépasse celle de six éléphants et son poids, celui d'un séismosaure, l'un des plus gigantesques dinosaures connus.

Tiré du guide d'observation des baleines du capitaine Gilles

On compte plus de 75 espèces de baleines dans les eaux du globe.

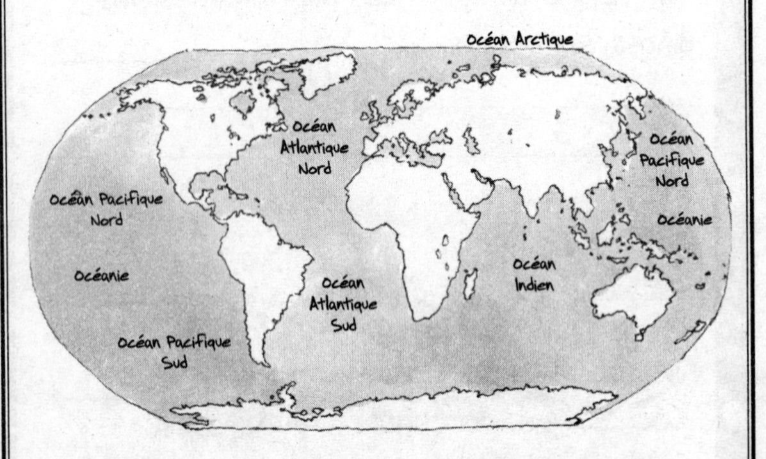

Voici où vivent certaines d'entre elles :

- **Rorqual bleu ou baleine bleue :** tous les océans du monde, mais surtout au sud de l'équateur.
- **Baleine grise :** Pacifique Nord.
- **Rorqual commun :** eaux froides et tempérées des deux hémisphères (davantage au sud qu'au nord).

- **Petit rorqual :** eaux tempérées, tropicales et polaires des deux hémisphères.
- **Rorqual à bosse ou baleine à bosse :** toutes les mers et océans du globe.
- **Baleine franche ou noire :** eaux froides et tempérées du Pacifique et de l'Atlantique Nord, ainsi que du sud de l'océan Indien, du Pacifique et de l'Atlantique.
- **Baleine boréale :** océan Arctique et eaux froides de l'Atlantique et du Pacifique Nord.
- **Épaulard ou orque :** toutes les mers et océans du globe.
- **Glopicéphale noir ou commun :** Atlantique Nord et Méditerranée; sud des océans Atlantique, Pacifique et Indien.
- **Cachalot macrocéphale :** toutes les mers et océans du globe.
- **Narval :** océan Arctique, surtout près du Canada.
- **Béluga ou baleine blanche :** mers bordières de l'océan Arctique; baie d'Hudson, golfe du Saint-Laurent, mer de Barents, golfe d'Alaska; parfois mer du Nord et Atlantique Nord.

Baleine — mammifère
Plongeons dans l'univers des baleines!
Excursions du capitaine Gilles
Observation des baleines

— Oh là là! s'écrie Carlos en feuilletant la brochure. Je n'aurais jamais cru qu'il y avait autant d'espèces de baleines.

— C'est vrai, dit Frisette, et elles font toutes partie de l'ordre des cétacés, qui se divise en deux catégories.

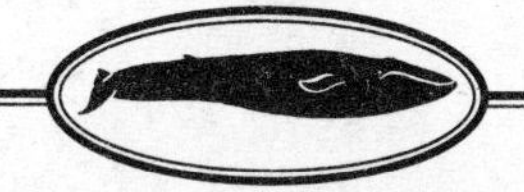

Notes de Mme Friselis

Les cétacés se divisent en deux sous-ordres : les mysticètes (cétacés ou baleines à fanons) et les odontocètes (cétacés ou baleines à dents). Le cétacé à dents ci-dessous est un épaulard.

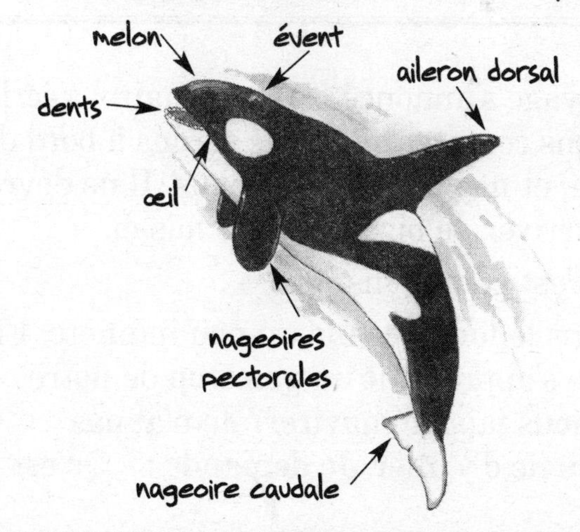

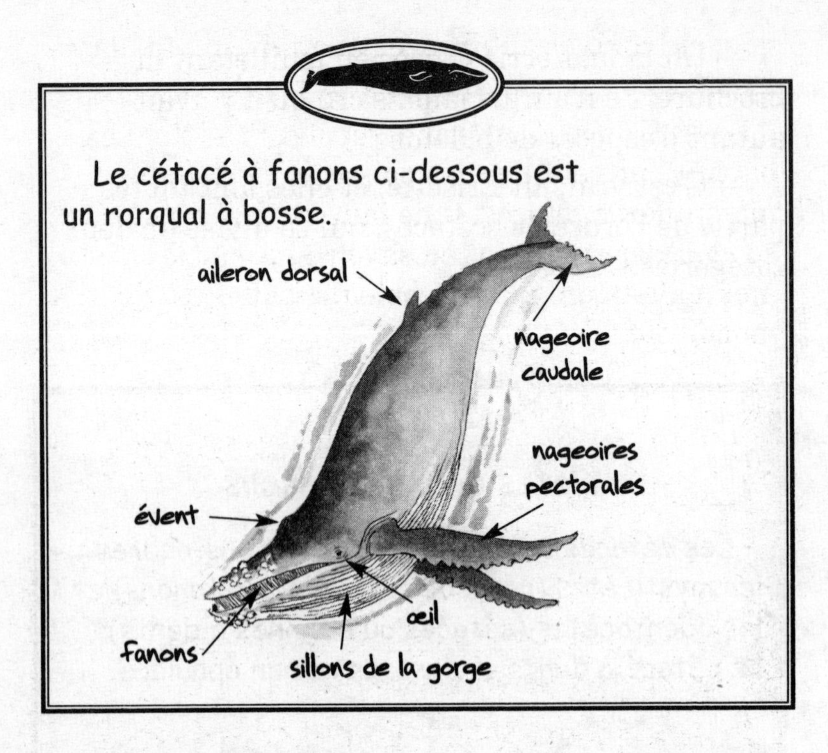

— Ce voyage s'annonce extraordinaire! s'écrie Jérôme. Sans compter que nous serons à bord d'un vrai bateau, et non de notre autobus. Il ne devrait rien nous arriver de bizarre, cette fois-ci.

— Oui, c'est génial, dis-je.

Mais dans le fond, je suis un peu inquiète. Et si une baleine s'approchait un peu trop de notre bateau et nous faisait chavirer? Je n'ai pas vraiment envie d'y aller. Je demande : « Qu'est-ce que les baleines ont de si extraordinaire, Madame Friselis? Ce ne sont que de gros poissons. »

— Mais non, Catherine, répond Frisette. Les baleines ne sont pas des poissons. Ce sont des mammifères cétacés. Il ne faut pas avoir peur de se mouiller si on veut en savoir plus sur le merveilleux univers des baleines. Allez, tout le monde dans l'autobus!

Les baleines ne sont pas des poissons
par Hélène-Marie

Les baleines vivent dans l'eau, mais ce ne sont pas des poissons. Ce sont des mammifères, comme les chiens, les chats, les ours et les êtres humains.

Les poissons sont dotés d'un organe appelé branchie qui les aide à extraire l'oxygène de l'eau. Les baleines ont des poumons et ont besoin de respirer l'oxygène contenu dans l'air.

La plupart des poissons pondent des œufs. Les baleines, comme tous les mammifères, donnent naissance à leurs petits et les nourrissent de leur lait.

CHAPITRE 2

Peu de temps après, l'autobus magique arrive à un port sur la côte de la Nouvelle-Angleterre.

— Où est l'océan? demande Pascale. Ça sent le poisson, mais je n'y vois rien avec ce brouillard.

Plus l'autobus s'approche de l'océan, plus le brouillard devient épais. Mme Friselis ne semble pas inquiète. « Comme le disait mon arrière-arrière-arrière-grand-tante Blanche Brouillette : Ne vous en faites pas, le brouillard se dissipera. »

Nous sommes sur le point de descendre de l'autobus lorsque j'aperçois une énorme silhouette sombre qui s'avance dans le brouillard. « N'ouvrez pas la porte, Madame Friselis! Il y a une espèce de géant là-bas! »

— Un géant au grand cœur, dit Frisette en actionnant le levier qui ouvre les portes.

Le géant monte les marches de l'autobus. Ce n'est pas un géant, après tout; juste un homme grand et costaud vêtu d'une veste bleu marine. Il a une barbe blanche fournie et une casquette ornée d'une ancre.

— Capitaine Gilles, pour vous servir! déclare-t-il d'une grosse voix. Après nous avoir salués, il se tourne vers Mme Friselis. « J'ai essayé de vous appeler, mais il était trop tard. J'ai bien peur d'avoir de mauvaises nouvelles pour vos moussaillons. » Il semble sur le point de fondre en larmes.

— Allons donc, dit Frisette, racontez-moi ce qui s'est passé. Ce n'est sûrement pas si grave!

— Il s'agit de mon bateau, Madame Friselis, commence le capitaine Gilles. Il y a eu une tempête hier soir, et le *Neptune* a été un peu abîmé. Heureusement, ça se répare, mais il ne peut pas prendre la mer aujourd'hui.

— Ça veut dire qu'on n'ira pas observer les baleines? dis-je avec soulagement.

Tous les autres ont l'air déçus. Mme Friselis a soudain un éclair de malice dans les yeux.

— Je vous avais dit que ce n'était pas si grave! Elle démarre le moteur et l'autobus avance lentement sur le quai. Comme nous prenons de la vitesse, des traînées de brouillard s'infiltrent à l'intérieur et tourbillonnent autour de nous. Nous ne voyons rien du tout, à l'intérieur comme à l'extérieur.

— Qu'est-ce qui se passe? s'écrie le capitaine. Attention, vous vous dirigez droit vers l'océan!

— À mon ancienne école, on n'a jamais plongé dans l'océan avec un autobus, gémit Pascale en se couvrant les yeux.

Soudain, le brouillard se dissipe et nous sommes entourés d'eau. Nous nous trouvons au milieu de l'océan. L'autobus s'est transformé en bateau!

Le capitaine Gilles se frotte les yeux : « Je rêve! »

— Mais non, vous êtes seulement à bord de l'autobus, heu... du bateau magique, explique Jérôme en soupirant. Ce genre de choses nous arrive tout le temps.

Le capitaine examine la cabine spacieuse et le tableau de bord rutilant. « C'est une merveille, Madame Friselis! s'exclame-t-il. Est-ce que je peux prendre le gouvernail? Je vais tenter de repérer les baleines et de mettre le cap sur elles. »

— Faites comme chez vous! répond Mme Friselis. Le capitaine prend la barre. Liza quitte l'épaule de Frisette pour sauter sur celle du capitaine. « Parfait! dit celui-ci. Liza sera mon second. »

Tout à coup, je distingue une forme sombre qui se déplace rapidement sous le bateau. Avant que je puisse émettre un son, la silhouette jaillit de l'eau tout près de nous. Puis une autre bondit à ses côtés. Je lance un cri : « Capitaine Gilles! À l'aide! »

Le capitaine et Mme Friselis se retournent, et un grand sourire illumine aussitôt le visage du capitaine.

— Ne t'inquiète pas, Catherine, dit-il. Ces visiteurs sont les bienvenus. Ce sont des dauphins.

Un à un, les dauphins de couleur noire, grise et crème plongent et bondissent à nos côtés.

Puis ils nagent vers l'avant du bateau, jaillissant de l'eau en décrivant des courbes gracieuses.

« Ils aiment nager dans la lame d'étrave, à la proue des bateaux, commente le capitaine. C'est ainsi que les marins appellent l'avant des navires. »

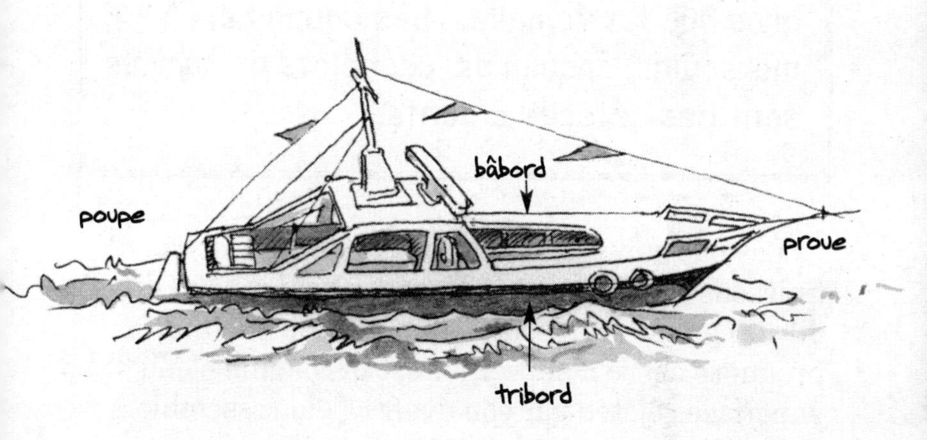

— Dans le guide, on explique que les dauphins font partie de la famille des cétacés, dit Hélène-Marie. On les appelle des cétacés à dents.

— C'est toujours un plaisir de les voir nager auprès de nous, ajoute le capitaine.

Tiré du guide d'observation des baleines du capitaine Gilles

Cétacés à dents

Les baleines pourvues de dents sont appelées **cétacés à dents** ou **baleines à dents**. Les mâles sont généralement plus gros que les femelles. Les dauphins, marsouins, épaulards, cachalots et narvals sont des cétacés à dents.

Les dauphins prennent les devants et nous finissons par les perdre de vue. Le capitaine Gilles dit : « Quand vous voulez repérer une baleine, la première chose à surveiller est la colonne d'eau vaporisée rejetée par son évent. Cela ressemble à un jet de vapeur qui jaillirait de l'océan. Les baleines rejettent ces colonnes d'eau quand elles remontent à la surface pour respirer. Parfois, on peut deviner de quel type de baleine il s'agit juste en observant son souffle. »

Soudain, des jumelles se détachent du dessus de nos sièges et tombent devant nous.

Tiré du guide d'observation des baleines du capitaine Gilles

Les baleines respirent grâce aux évents situés sur leur tête. Parce qu'ils se trouvent au sommet, la baleine peut respirer tout en gardant la plus grande partie de son corps immergée.

Le jet que vous voyez est de la vapeur d'eau qui s'échappe quand la baleine expire. La forme et la taille de ces colonnes de vapeur varient selon l'espèce. Les baleines à dents n'ont qu'un évent alors que les baleines à fanons en ont deux.

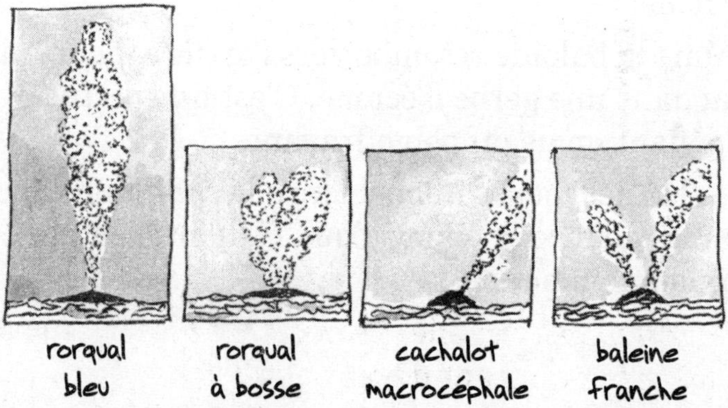

rorqual bleu

rorqual à bosse

cachalot macrocéphale

baleine franche

Le capitaine Gilles s'écrie soudain : « En voilà une! À bâbord! »

Nous attrapons tous nos jumelles et les braquons vers la gauche (sur un bateau, bâbord signifie gauche et tribord droite, comme le montre l'illustration à la page 15).

Nous pouvons voir des colonnes d'eau s'élever ici et là. Thomas vérifie dans le guide du capitaine Gilles.

— Je crois que ces jets proviennent de rorquals communs, dit-il.

Tout d'un coup, une énorme baleine gris sombre s'élève hors de l'eau. Elle est presque à la verticale. Elle se trouve si près de nous que nous pouvons distinguer sa face ventrale blanche.

Je m'écrie soudain : « Oh non! Elle se dirige droit sur nous! »

Mais la baleine retombe vers l'arrière, heurtant l'eau dans une gerbe d'écume. C'est un spectacle stupéfiant, mais un peu effrayant.

— Hé, les moussaillons! lance le capitaine. Nous sommes chanceux aujourd'hui. Ce sont bien des rorquals communs.

Regardez, elle sort de l’eau!

À toute vapeur

par Carlos

Le rorqual commun est le deuxième plus gros animal du monde. Sa longueur peut atteindre 24 m, ce qui est plus grand qu'un wagon de voyageurs. En anglais, on l'appelle aussi « dos en rasoir » à cause de sa forme effilée. C'est l'un des plus rapides cétacés à fanons. Il peut fendre l'eau à une vitesse allant jusqu'à 48 km/h.

CHAPITRE 3

— Wow! s'exclame Jérôme. L'avez-vous vue sauter?

— Selon certains experts, explique le capitaine, ces sauts spectaculaires sont une façon pour les baleines de communiquer avec les autres membres de leur groupe. Il est aussi possible qu'elles essaient ainsi d'étourdir leur proie quand elles chassent.

— J'espère que ces baleines n'auront pas envie de sauter à nouveau, dis-je. L'une d'elles pourrait tomber sur nous.

— Les baleines semblent savoir comment se comporter en présence de bateaux et d'humains, répond le capitaine Gilles. Je n'ai jamais été renversé par une baleine au cours de toutes mes années en mer. Toutefois, on n'est jamais trop prudent.

À cet instant précis, une des baleines sort sa tête de l'eau et regarde dans notre direction. Je me couvre les yeux.

— Elle ne fait que nous observer, dit le capitaine en riant. Les baleines sont curieuses et se mettent en position d'espionnage pour inspecter ce qui se passe à la surface.

— Madame Friselis, je ne veux pas être épiée par une énorme baleine, dis-je. Est-ce qu'on peut s'en aller?

— Je peux arranger ça, Catherine, répond Mme Friselis. Tout le monde dans la cabine!

— Que se passe-t-il encore? demande le capitaine Gilles.

— Oh! oh! On dirait qu'on va avoir droit à une des expéditions spéciales de Mme Friselis... lui dit Jérôme. C'est toujours la même chose avec elle.

Mme Friselis appuie sur un bouton rouge du tableau de bord du bateau. En un clin d'œil, les parois s'incurvent et la cabine s'allonge. Le bateau se transforme en sous-marin!

— Il est temps d'aller au fond de la question, les matelots, annonce Mme Friselis. Nous allons explorer l'univers des baleines en profondeur grâce à notre bus-marin. Préparez-vous à plonger!

— C'est ça, allons voir ce qui se *cache à l'eau*, lance Carlos à la blague.

CHAPITRE 4

Les côtés du bus-marin sont percés de longues fenêtres. Des centaines de poissons nagent sous nos yeux! Le rorqual commun, que nous avons observé à la surface, s'éloigne de nous. À l'exception du faible vrombissement du moteur, tout est silencieux.

Les fenêtres sont tout à coup obscurcies par la plus énorme silhouette que j'aie jamais vue. « Eh! je n'aime pas ça du tout! dis-je avec nervosité. Madame Friselis, qu'est-ce que c'est que ça? »

— Ça, répond le capitaine Gilles, c'est un rorqual à bosse.

Le clown des mers

par Thomas

Il est surnommé « le clown des mers » parce qu'il lui arrive de sortir ses nageoires pectorales à la verticale et de les frapper à la surface de l'eau. Sa taille peut atteindre 13 m et sa langue, peser 2 tonnes à elle seule!

Le rorqual à bosse peut vivre jusqu'à 50 ans. Si on pouvait compter les couches de cire dans ses oreilles, on pourrait déterminer son âge.

La baleine est si près du sous-marin que nous ne pouvons rien voir d'autre.

— Elle est aussi grosse que le sous-marin! s'exclame Carlos.

— D'après mes recherches, elles peuvent peser plus de 30 tonnes, déclare Hélène-Marie.

— Regardez ces nageoires, lance Raphaël. Elles sont aussi longues qu'une auto!

Le submersible fait le tour de la baleine à bosse, nous permettant de distinguer la face inférieure de sa queue.

La bosse des plongeons

par Raphaël

Le rorqual à bosse, ou jubarte, doit son nom à la façon dont il arque son dos avant de plonger. Aucune autre baleine n'a une courbure aussi prononcée. La protubérance à l'avant de sa nageoire dorsale contribue aussi à son apparence bossue.

— Voyez-vous ces taches noires et blanches, les moussaillons? demande le capitaine. Tous les rorquals à bosse ont un dessin différent. C'est comme un insigne d'identité ou une empreinte digitale : on peut reconnaître une baleine aux dessins de sa nageoire caudale.

— On devrait la baptiser, s'écrie Pascale. Ces taches ressemblent à une fleur. Pourquoi ne pas l'appeler Pissenlit?

Maître nageur

par Pascale

La queue, ou nageoire caudale, d'un cétacé est faite de deux nageoires séparées par une encoche médiane. Il se propulse en la remuant verticalement et en agitant le bas de son corps. Ses nageoires pectorales lui servent de gouvernail et sa nageoire dorsale, de stabilisateur.

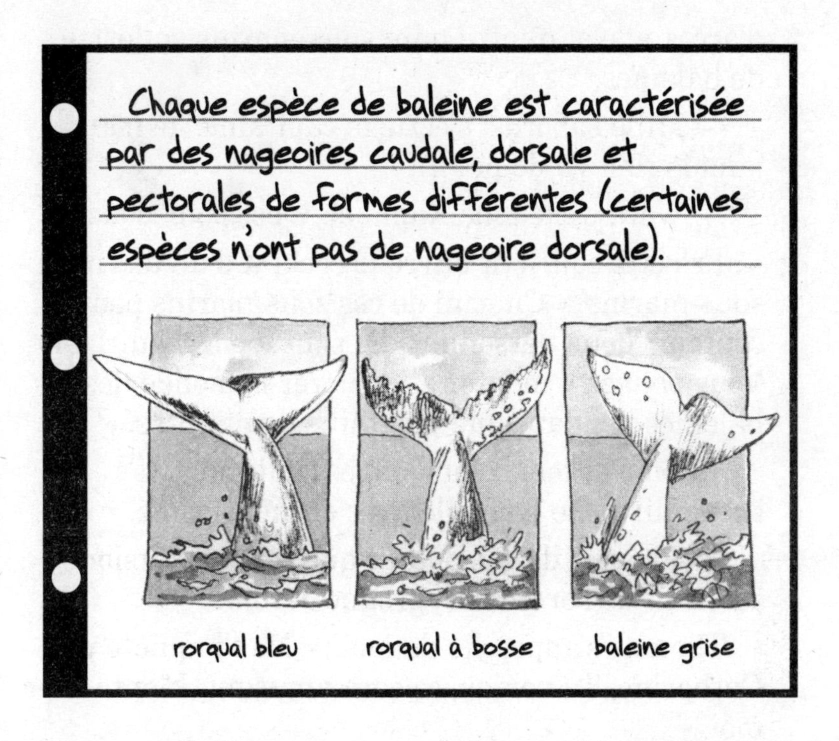

— Les baleines sont vraiment fascinantes, dit Hélène-Marie. Ce serait amusant de nager dans l'océan comme elles.

L'éclair de malice réapparaît soudain dans les yeux de Mme Friselis. « J'ai justement ce qu'il faut pour plonger dans l'action. »

Elle nous entraîne vers l'arrière du bus-marin où elle appuie sur un bouton jaune, faisant glisser un panneau coulissant qui révèle une plate-forme d'accostage et quatre mini sous-marins en forme de baleines.

— Mille sabords! s'écrie le capitaine. Je n'ai jamais rien vu de pareil!

— Wow! s'exclame Raphaël. C'est pour nous?

Frisette sourit et ouvre le cockpit d'un des mini sous-marins. « Chacun de ces sous-marins peut contenir deux personnes. Ils sont faciles à diriger. Vous pouvez y monter et explorer le monde des baleines pendant une vingtaine de minutes. »

Jérôme et moi semblons les seuls à ne pas accueillir cette nouvelle avec enthousiasme.

— J'aurais dû me douter que cette excursion sortirait de l'ordinaire, grogne Jérôme.

Thomas s'approche de moi : « Ne t'inquiète pas, Catherine. Tu verras, ce sera amusant. Monte avec moi. »

— Je resterai constamment en contact avec vous par radio, ajoute Mme Friselis. Appelez-moi si vous avez des questions.

Carlos choisit le mini sous-marin *Baleine 1* et fait asseoir Jérôme à ses côtés.

Kisha et Raphaël montent à bord de *Baleine 2* et Hélène-Marie et Pascale, à bord de *Baleine 3*. Puis Thomas et moi montons à bord de *Baleine 4*.

Voyons, Catherine! Ce n’est pas la mer à boire!

— Ne vous éloignez pas trop du bus-marin, nous prévient Mme Friselis. Et gardez les yeux ouverts : je veux des comptes rendus débordants de détails à votre retour.

Le capitaine Gilles s'assure que nous avons tous un exemplaire de son guide : « Vous aurez peut-être besoin de le consulter pendant votre exploration. »

Mme Friselis, le capitaine Gilles et Liza rentrent dans la cabine du bus-marin et referment le panneau coulissant derrière eux. Nous sommes seuls dans nos sous-marins.

Les quatre submersibles font face à une ouverture en spirale. Lentement, la spirale tourne et l'eau pénètre à l'intérieur. Un à un, les sous-marins glissent dans l'océan Atlantique. Un monde inconnu nous engloutit.

CHAPITRE 5

Thomas et moi pouvons voir les autres sous-marins qui nous précèdent. Des traînées de bulles s'échappent de leurs hélices.

— C'est sinistre d'être ici tout seuls, dis-je.

— Détends-toi, Catherine, répond Thomas qui semble bien s'amuser à piloter le mini sous-marin. Ça ne va durer que 20 minutes. Regarde! Un banc de morues! Je me demande quels autres poissons il y a par ici.

Nous entendons Mme Friselis établir le contact radio avec les autres sous-marins. Puis elle appelle : « Bus-marin à Baleine 4, me recevez-vous? »

Thomas prend le micro : « Nous vous recevons. Tout va bien, mais nous entrons dans une zone d'eau trouble. Quelle est cette substance qui flotte? »

— C'est du plancton, Thomas, explique Mme Friselis. Un mélange de minuscules plantes et animaux. Le plancton est une espèce de pâturage pour les poissons et les autres animaux de la mer comme les baleines. C'est l'une de leurs principales sources de nourriture.

— Baleine 2 appelle Bus-marin, lance la voix de Raphaël. Il se passe quelque chose d'étrange ici. Il y a plein de bulles qui tourbillonnent au-dessus de nous. Tous les poissons s'éloignent…

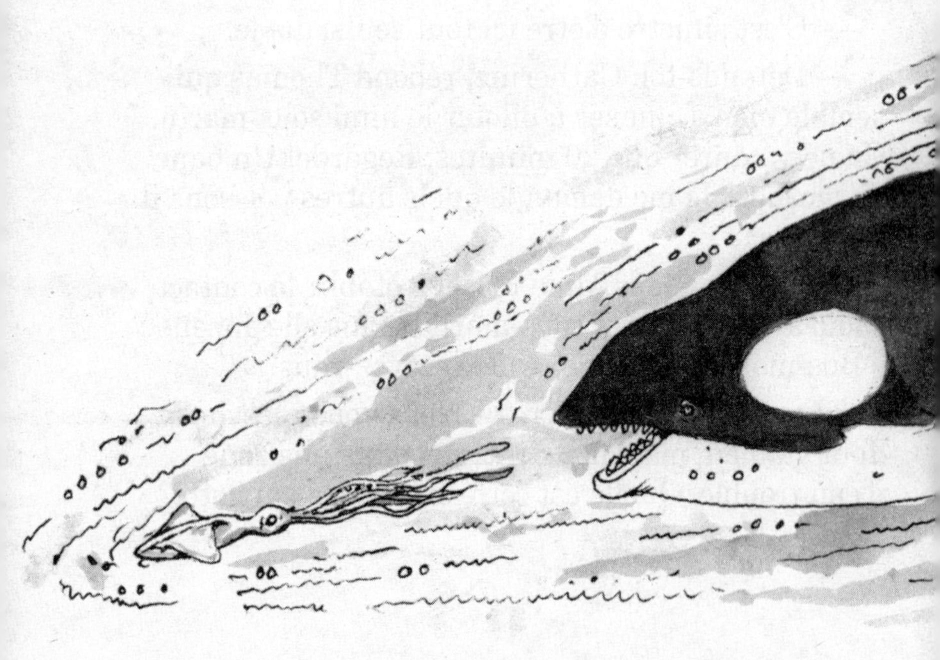

— Oh! oh! crie Kisha. Voilà un calmar!

Thomas et moi apercevons le calmar. Il nage rapidement au-dessus de nos sous-marins. Ses longs tentacules munis de ventouses semblent capables de nous saisir.

J'attrape le micro : « Madame Friselis, sortez-nous d'ici! »

— Tiens bon, Catherine! L'océan n'a pas fini de te surprendre..., dit-elle mystérieusement.

On entend soudain la voix excitée de Carlos : « Le calmar est pourchassé par quelque chose de noir et blanc... C'est une bête ÉNORME! »

— Je la vois! s'écrie Thomas dans le micro. C'est... Je n'en crois pas mes yeux! C'est un épaulard!

L'épaulard s'approche du calmar. Sa nageoire caudale brasse l'eau. Notre submersible se met à ballotter dans les vagues.

Nous entendons la voix de Mme Friselis : « Attachez vos ceintures et accrochez-vous! » Croyez-moi, je n'ai pas attendu son conseil pour me cramponner.

— Vous êtes en sécurité dans vos sous-marins, poursuit-elle, mais l'eau va être un peu agitée.

Un peu agitée? C'est comme si nous étions dans une machine à laver. Notre submersible se met à tournoyer dans les bulles. Mal de mer garanti!

Épatant épaulard

par Thomas

Aussi appelé orque et baleine tueuse, l'épaulard n'est pas une baleine, mais le plus grand des dauphins. On peut souvent voir ce cétacé à la peau noire et blanche faire des acrobaties et des tours dans les parcs d'attractions aquatiques.

Dans son milieu naturel, c'est un féroce prédateur qui se nourrit de poissons, de phoques, d'oiseaux de mer, de calmars, de tortues et parfois de jeunes baleineaux d'autres espèces. Mais il ne s'attaque pas aux êtres humains.

Nous cessons enfin de tournoyer, et l'eau redevient calme. L'orque et le calmar ne sont plus là.

— Ouf! On s'est fait brasser, dit Thomas.

Exaspérée, je réponds : « Ça, tu peux le dire! J'en ai par-dessus la tête de cette expédition sous-marine! »

Nous regardons à travers la masse de plancton qui nous tourbillonne autour.

— Hé! s'écrie Thomas. Où sont les autres mini sous-marins? Où est le bus-marin?

— Oh non! Je ne les vois pas non plus. Qu'est-ce qu'on va faire?

— Ne t'inquiète pas, nous avons la radio, dit Thomas en s'emparant du micro. Baleine 4 à Bus-marin. Répondez, Madame Friselis.

La radio émet un affreux crépitement, puis devient silencieuse.

— S.O.S.! S.O.S.! appelle Thomas dans le micro. Répondez, Bus-marin.

Aucune réponse.

Maintenant, je suis vraiment inquiète : « Pourquoi fallait-il que ça nous arrive? Ne me dis pas que nous n'avons plus de contact radio! »

— Nous n'avons plus de contact radio, dit Thomas.

— Je t'ai demandé de ne pas me dire ça! Qu'est-ce qu'on fait maintenant?

— Eh bien, nous ne savons pas à quelle distance nous sommes du bus-marin et des autres sous-marins, réfléchit Thomas à haute voix. Nous ne savons même pas quelle direction prendre. Je suppose que le mieux est de rester ici. Je suis sûr que Mme Friselis nous trouvera bientôt.

Malgré ces paroles rassurantes, il a l'air préoccupé.

Nous regardons par la fenêtre. Où est Mme Friselis? Où sont les autres sous-marins? Sont-ils perdus eux aussi?

CHAPITRE 6

Pendant ce temps, dans le bus-marin, le capitaine Gilles et Liza appuient frénétiquement sur les boutons du tableau de bord, tentant de localiser les mini sous-marins.

— Bus-marin à Baleines. Répondez, répète Mme Friselis dans le micro.

Il n'y a pas de réponse.

— Tonnerre de Brest! gémit le capitaine. J'espère que rien n'est arrivé aux moussaillons.

— Leurs radios ne fonctionnent plus, dit Mme Friselis, mais je peux voir quatre spots sur l'écran radar. Ils se trouvent tous près de nous, sauf Thomas et Catherine qui ont été entraînés plus loin. Je suis sûre que tout va bien, mais allons vite les rejoindre! Comme le dit mon petit-cousin B. Louga : « Le calmar appartient aux orques qui se lèvent tôt. »

Elle s'empare de nouveau du micro : « Attention, toutes les Baleines. Je vous vois sur l'écran radar. Si vous me recevez, ne modifiez pas votre position. Admirez le paysage. Nous arrivons. »

À bord de Baleine 1, Carlos et Jérôme regardent par la vitre. « J'aurais dû rester chez nous aujourd'hui, grommelle Jérôme. Je ne serai sûrement pas de retour à temps pour arroser ma collection de pierres. »

— Ne t'en fais pas, Jérôme, dit Carlos. Je suis sûr que Frisette arrivera bientôt à la rescousse. Tiens! Regarde qui est là!

— Incroyable! s'écrie Jérôme. Cette baleine qui vient de passer, c'est Pissenlit!

— Oui, j'ai vu les dessins sous sa nageoire caudale. C'est bien le même rorqual à bosse.

— Oh non! lance Jérôme. Il ouvre la bouche! Elle est énorme...

— Ça ressemble à un bol à soupe, commente Carlos. Un bol assez grand pour contenir une auto!

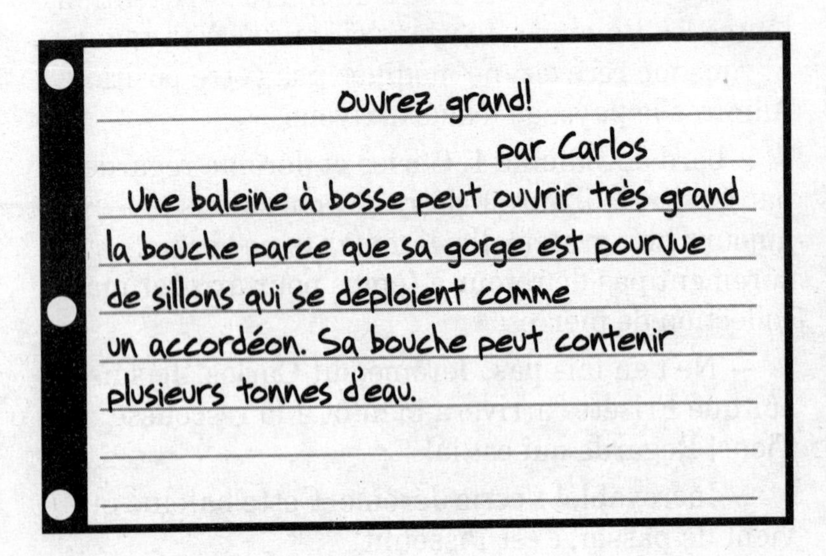

Pissenlit s'approche de Baleine 1, ouvrant sa bouche encore plus grand. « Elle va nous manger! Elle va nous manger! » répète Jérôme.

Mais Pissenlit dépasse le mini sous-marin et fonce dans une masse de minuscules poissons et de plancton.

Noooon!

Après s'être rempli la bouche, Pissenlit la referme. L'eau se met à déferler des côtés de sa bouche, manquant de précipiter le mini sous-marin dans un autre tournoiement effréné.

Fanons gloutons

par Jérôme

Les cétacés dépourvus de dents sont des cétacés à fanons. Les fanons sont de longues lames cornées qui pendent de la mâchoire supérieure. Ils forment une frange qui agit un peu comme une passoire. Quand elle ouvre la bouche, la baleine y fait entrer l'eau, le plancton et une sorte de minuscules crustacés appelé krill. La baleine expulse ensuite l'eau, retenant le plancton et le krill avec ses fanons.

Chaque bouchée peut contenir plus d'un million de petits poissons et crustacés!

Krill

— Heureusement que nous n'étions pas plus près, remarque Jérôme. Nous avons failli nous transformer en hors-d'œuvre.

Pissenlit s'éloigne juste au moment où le bus-marin aborde Baleine 1. Mme Friselis ouvre l'écoutille et Carlos dirige Baleine 1 dans le sas.

— Ohé! matelots! lance le capitaine Gilles en voyant entrer Jérôme et Carlos dans la cabine.

— C'est incroyable la quantité de nourriture qu'un rorqual à bosse peut engloutir, dit Jérôme.

— Les rorquals à bosse mangent beaucoup quand ils sont dans ces parages, explique le capitaine. C'est leur aire de nutrition. Ils font des réserves pour l'hiver, quand ils migreront vers le sud. Il se peut qu'ils ne trouvent rien à manger pendant des mois.

Gras dur!

par Jérôme

Les cétacés emmagasinent leur nourriture sous forme de graisse. Cette couche de gras sous-cutanée garde leur corps au chaud en eau froide et leur sert de réserve de nourriture pendant leur migration.

— Où sont les autres? demande Carlos.

— Ne t'inquiète pas, Carlos, dit Frisette. Nous nous dirigeons vers Baleine 2. Tu sais bien que vous êtes tous constamment sur mon écran radar. Liza, prends les commandes. Nous allons chercher Kisha et Raphaël.

Tiré du guide d'observation des baleines du capitaine Gilles

Chaque année, les baleines à bosse quittent les froides eaux polaires pour migrer vers les eaux chaudes des tropiques. Là, elles s'accouplent et donnent naissance à leurs petits (on dit qu'elles mettent bas).

Au printemps, elles reviennent au nord avec leurs petits. Leur vitesse de nage n'atteint que 5 km/h, mais elles peuvent parcourir plus de 1 500 kilomètres par mois lorsqu'elles migrent.

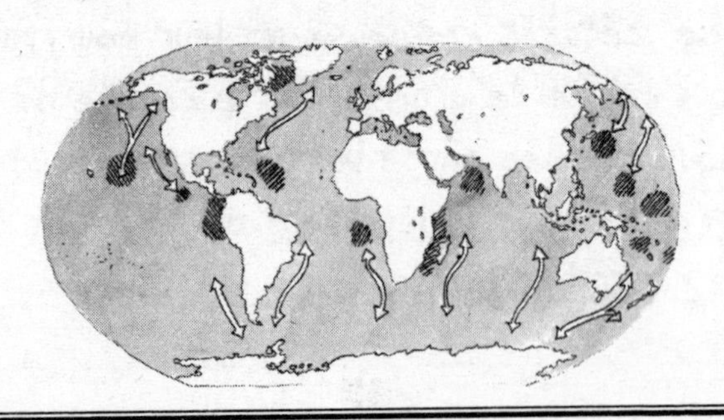

CHAPITRE 7

Kisha et Raphaël ont dérivé près d'une bûche géante.

— Qu'est-ce qu'une grosse bûche peut bien faire au milieu de l'océan? demande Kisha.

Soudain, la bûche se retourne. Elle est maintenant inclinée dans l'eau, la tête en bas.

— Ce n'est pas une bûche, dit Kisha, c'est un rorqual à bosse.

Puis retentit une série de gémissements, grognements et cris aigus qui semblent émaner de la baleine. Ces bruits sont si intenses que l'eau autour du mini sous-marin se met à vibrer.

— Pourquoi crie-t-elle ainsi? demande Raphaël. Peut-être qu'elle n'est pas contente de nous voir ici.

— Même si ces sons me donnent la chair de poule, je les trouve plutôt jolis, avoue Kisha. C'est un peu comme de la musique.

Les sons continuent pendant quelques minutes, cessent, puis reprennent. « Elle répète le même air! » s'exclame Kisha.

Tiré du guide d'observation des baleines du capitaine Gilles

Les baleines émettent une variété de sons différents. Elles éternuent, soufflent l'eau par leurs évents, sifflent et soupirent. Elles couinent, bêlent, gémissent et aboient. Les cétacés à dents, comme les dauphins, font des cliquetis qui agissent comme des sonars pour les aider à se diriger dans l'obscurité.

Plusieurs espèces de baleines chantent, mais ce sont les rorquals à bosse mâles qui produisent les sons les plus compliqués et les plus obsédants. Nul ne sait vraiment pourquoi les baleines chantent. Certains spécialistes croient qu'il s'agit d'une façon pour les mâles d'attirer les femelles.

— Allons, Kisha, il n'y a pas de quoi être chavirée, lance Raphaël à la blague.

À cet instant précis, Mme Friselis arrive et les fait entrer dans le bus-marin.

— Le chant de la baleine à bosse est enchanteur, commente Mme Friselis en écoutant la mélodie. Mais nous devons continuer : deux autres sous-marins nous attendent.

Pendant que les autres se font secourir, Thomas et moi flottons au beau milieu d'un banc de thons.

— J'aimerais bien savoir où nous sommes, dis-je d'un ton inquiet.

— Mme Friselis s'occupe de tout, assure Thomas, qui a malgré tout l'air soucieux.

— Ces poissons nous fixent du regard, dis-je. Je déteste ça : je me sens comme un poisson rouge dans un bocal.

— C'est vrai que ça fait bizarre, acquiesce Thomas. Au moins, nous savons que nous sortirons d'ici. Le poisson rouge, lui, doit demeurer dans son bocal toute sa vie.

— Tu veux dire que *nous espérons* sortir d'ici...

Je m'efforce de rester calme, mais ce n'est pas facile de rester assise devant ces poissons qui nous dévisagent.

Nous essayons régulièrement la radio, mais sans succès. Nous sommes en détresse.

À bord de Baleine 3, Hélène-Marie vérifie si elle a apporté son manuel de communication radio avec elle. « De toute façon, ça ne sert à rien, dit-elle à Pascale. Je n'arrive pas à entrer en contact avec Frisette. »

Malgré son inquiétude, Pascale ne peut s'empêcher d'admirer les ébats d'un rorqual à bosse

et de son baleineau. Hélène-Marie et elle les ont baptisés Marina et Picotine.

— Picotine est vraiment enjouée, dit Pascale. Regarde-la lancer ce bouquet d'algues avec sa tête!

Les algues retombent sur le museau du baleineau. Hélène-Marie et Pascale éclatent de rire.

— On dirait qu'elle aime ses nouvelles moustaches, commente Hélène-Marie.

Gros petits

par Pascale

À la naissance, le petit de la baleine à bosse mesure environ 4 m (la longueur d'une voiture!).

Les baleines n'ont qu'un baleineau à la fois. Au cours d'une journée, un baleineau boit 45 kilos de lait maternel. Il demeure auprès de sa mère pendant la première année et parfois au-delà.

Quand les baleines à bosse séjournent dans les eaux chaudes de leur aire de reproduction, les baleineaux se nourrissent du lait de leur mère, mais les adultes ne consomment aucune nourriture. Ils subsistent grâce à leur réserve de graisse.

Picotine ne s'éloigne jamais de Marina. De temps à autre, elle plonge sous sa mère pour téter.

Les deux baleines remontent à la surface pour respirer, puis plongent de nouveau. Cette fois, Picotine est sur le dos de Marina. Quand celle-ci remonte, Picotine glisse le long de sa queue. Elles s'amusent à ce jeu à maintes reprises.

Un bruit soudain les fait s'éloigner.

— C'est le bus-marin! s'écrie Hélène-Marie. Mme Friselis à la rescousse! Je savais bien qu'elle nous trouverait.

— J'ai hâte de lui parler de Picotine, dit Pascale.

Le capitaine Gilles accueille Pascale et Hélène-Marie à bras ouverts.

— Bienvenue à bord, braves matelots! dit-il en souriant.

— Nous n'avons pas eu peur, capitaine, affirme Hélène-Marie en caressant la tête de Liza. Enfin, presque pas...

Elle décrit les cabrioles de Picotine et de sa mère : « Mais il y a une chose qui m'intrigue : comment se fait-il que les baleineaux ne se noient pas en naissant sous l'eau? »

— C'est une bonne question, dit le capitaine. La nature a tout prévu. D'abord, la mise bas se déroule près de la surface. Ensuite, le bébé sort de sa mère la queue la première, et non la tête d'abord comme les humains. Aussitôt que le baleineau est né, sa mère le pousse vers la surface pour qu'il prenne sa première inspiration. Il ne respire pas tant que son évent n'est pas hors de l'eau.

— C'est un comportement instinctif, ajoute Mme Friselis. L'instinct, c'est ce qu'on sait sans l'avoir appris.

Hélène-Marie éclate de rire : « Thomas dit toujours que j'ai beaucoup d'instinct pour les sciences! » Après avoir regardé alentour, elle ajoute : « Au fait, où sont Thomas et Catherine? »

— Nous sommes en route pour aller les chercher, dit Mme Friselis. « Voici leur position, ajoute-t-elle en désignant l'écran radar. Tiens, mais voilà qui est drôle... »

— Quelque chose me dit qu'il n'y a pas de quoi rire..., dit Jérôme

— Baleine 4 a disparu de l'écran radar! annonce Mme Friselis.

CHAPITRE 8

— Je commence à avoir faim, dit Thomas. Je me demande s'il y a quelque chose à manger dans la trousse de survie.

Ça lui ressemble bien de songer à la nourriture dans une situation pareille. Soudain, nous entendons un épouvantable claquement et notre submersible se met à tanguer.

— Thomas! Quel est ce bruit? Ce n'est pas bon signe...

Thomas feuillette rapidement le guide du capitaine Gilles, mais le livre lui échappe des mains. Le sous-marin tangue de plus belle et des objets s'échappent de tous les compartiments.

Nous nous démenons pour tout remettre en place. Des filets, des vestes de sauvetage et des lampes de poche nous dégringolent dessus.

— Miam, dit Thomas en croquant dans une barre granola.

— Thomas, comment peux-tu manger en ce moment? Nous devons faire quelque chose.

Thomas a enfin trouvé la page qu'il cherchait dans le guide. Il me regarde avec une drôle d'expression : « D'abord la bonne nouvelle : je pense qu'une baleine est en train de frapper sa queue sur l'eau près d'ici. C'est probablement sa façon de communiquer avec ses congénères. La mauvaise nouvelle, c'est qu'elle peut faire ça très longtemps. Et pendant ce temps, nous allons continuer à tanguer. »

Voyage de groupe

par Catherine

Plusieurs espèces de baleines vivent en groupe. Le troupeau est comme une famille élargie et peut être composé de 1 000 baleines.

Juste à ce moment, je me rends compte que de l'eau s'est infiltrée dans le fond du sous-marin. « Thomas! Vite! UNE VOIE D'EAU! Nous ne tiendrons pas longtemps... »

En attrapant un seau sous mon siège, j'aperçois sur le tableau de bord un bouton que je n'avais pas remarqué. Il y est écrit en lettres noires : SUR CE.

— Sur ce? dis-je d'un ton songeur. Qu'est-ce que ça peut bien vouloir dire?

— Aucune idée, répond Thomas. Il s'agit peut-être d'un terme marin.

Il se penche pour regarder de plus près. « Attends donc... Il y a un espace entre le R et le C... Hé! La peinture est effacée par endroits. Je peux deviner la forme des autres lettres : F et A. »

J'épelle le mot : « S-U-R-F-A-C-E. »

— Surface? répète Thomas.

Nous nous regardons.

— Nous sommes dans un sous-marin, dis-je. Et les sous-marins peuvent remonter à la surface de l'eau. Si nous appuyons sur ce bouton…

Nous nous écrions en même temps : « Nous remonterons! »

— Veux-tu essayer? demande Thomas.

Je ne suis pas sûre que c'est une bonne idée. D'un autre côté, l'eau nous arrive maintenant aux chevilles et ne cesse de monter. Et si Mme Friselis

ne nous trouvait pas à temps? Nous devons prendre une décision, et vite.

— D'accord, dis-je. Vas-y.

Je retiens mon souffle pendant que Thomas appuie sur le bouton. Le mini sous-marin s'élève lentement. L'eau devient plus claire et limpide à mesure que nous nous approchons de la surface.

Nous y sommes! Les rayons du soleil miroitent sur l'eau. Nous clignons des yeux pour nous accoutumer à l'intensité de la lumière.

— Même si Mme Friselis n'arrive pas à nous trouver, peut-être qu'un bateau ou un avion passera par ici. Tout ira bien, Catherine.

Nous inspectons les environs à l'aide de nos jumelles.

— Je vois quelque chose, Thomas! Il y a des bosses sombres dans l'eau, là-bas. Ce sont peut-être des îles.

— Mais non, les îles ne bougent pas. Et ces bosses semblent avancer dans notre direction.

Les bosses jaillissent soudain dans les airs.

— Des baleines! crions-nous à l'unisson.

Cinq ou six baleines crèvent la surface et font des cabrioles. À tour de rôle, elles sautent et retombent dans un grand éclaboussement. Elles ont un corps noir trapu et de grandes nageoires pectorales en forme d'avirons. Elles sont dépourvues de nageoire dorsale et leur tête est parsemée de callosités.

Thomas consulte le guide du capitaine Gilles : « Ce sont des baleines franches, aussi appelées baleines noires! Elles sont extrêmement rares. »

Série noire

par Thomas

La taille d'une baleine franche ou baleine noire peut atteindre 15 m. Sa graisse compte pour la moitié de son poids. Les baleines franches vivent et s'alimentent en groupes et communiquent entre elles.
Parmi les grandes baleines du monde, cette espèce est la plus menacée.

— Pourquoi sont-elles si rares?

— D'après le guide, répond Thomas, les chasseurs de baleines d'autrefois ont tué tellement de baleines franches que leur population a presque été décimée. Les spécialistes estiment qu'on compte moins de 500 baleines franches dans l'Atlantique Nord. Et nous en avons quelques-unes sous les yeux en ce moment même! Attends que le capitaine Gilles apprenne ça!

Tiré du guide d'observation des baleines du capitaine Gilles

Les hommes ont chassé les grandes baleines pendant des siècles pour leur viande, leur graisse et leurs fanons. La graisse de baleine sert à la consommation et peut être bouillie pour obtenir de l'huile.

Les premiers chasseurs de baleines (les Inuit de l'Alaska) se servaient des fanons pour fabriquer de nombreux objets, dont des traîneaux, des lances et des outils. Plus tard, les fanons ont servi à des centaines d'autres usages.

La baleine franche est aussi appelée baleine noire en raison de son corps d'un noir uniforme, bien que son ventre soit tacheté de blanc chez 10 pour cent environ de la population.

Les baleines ont interrompu leurs ébats. La plupart d'entre elles ont disparu sous l'eau.

— Regarde! lance Thomas. L'une d'elles a changé de direction.

— Oh non! Elle s'en vient par ici!

L'énorme tête de la baleine franche est si terrifiante que j'ose à peine la regarder. Je chuchote : « Elle est franchement gigantesque. Pourvu qu'elle ne fonce pas sur nous… »

La baleine décrit un cercle autour du sous-marin. Elle soulève ensuite l'une de ses nageoires pectorales et s'éloigne. Je pousse un soupir de soulagement… mais la voilà qui revient! Elle agite de nouveau sa nageoire.

— C'est incroyable…, dis-je. On dirait qu'elle nous demande de la suivre.

— Ça pourrait être intéressant, répond Thomas. Allons-y!

La baleine avance régulièrement, mais assez lentement pour permettre à notre sous-marin de la suivre. De temps à autre, elle élève la queue, s'en servant comme d'une voile.

— Pas bête, dis-je. Elle laisse le vent faire le travail à sa place!

Fascinée par la baleine franche qui nage calmement à la surface de l'océan, j'en oublie notre situation périlleuse.

Tout à coup, une ligne se dessine à l'horizon.

Je m'écrie avec soulagement : « Terre! La baleine nous ramène au rivage. Super! Elle est franchement géniale! »

Un bruit s'élève derrière nous. Un bateau de course aux lignes élancées se déplace à toute vitesse vers nous. Il ressemble étrangement à notre autobus magique. Un homme et un petit lézard vert nous font signe.

— Capitaine Gilles! Liza!

— Ohé! matelots! Nous sommes venus aussi vite que possible. Comment trouvez-vous notre nouveau bateau?

Thomas et moi montons à bord du bateau. Mme Friselis vient à notre rencontre, heureuse de nous voir sains et saufs.

— Nous avons eu du mal à vous retrouver, dit-elle. Mais je vois que vous alliez dans la bonne direction. Comment avez-vous su où se trouvait la côte?

— Après être remontés à la surface avec l'aide de Catherine..., commence Thomas.

— ... nous avons eu l'aide d'une amie, dis-je à mon tour.

— Une amie qui a l'évent dans les voiles..., plaisante Thomas.

À ces mots, la baleine noire rebrousse chemin et vient tourner autour du bateau. Puis elle plonge en levant sa queue en guise d'adieu.

Je lui envoie la main : « Au revoir! Et encore merci! »

Elle disparaît sous l'eau et nous prenons le chemin du retour.

— Vous nous en avez fait voir de toutes les couleurs pendant cette excursion, dis-je à Mme Friselis. Même si j'ai eu une peur bleue, cette baleine noire m'a fait de nouveau voir la vie en rose...

CHAPITRE 9

En entrant dans la classe le lendemain, nous avons droit à une autre surprise de Frisette.

Sur un des babillards, sont affichées des photos de baleines portant des noms comme Stratus, Chameau, Ange, Grand Galop. Une bannière indique : PARRAINEZ UN GÉANT – ADOPTEZ UNE BALEINE.

Mme Friselis frappe des mains : « Attention, tout le monde! J'ai quelque chose à vous annoncer. Nous allons accueillir un nouvel élève. »

Nous nous regardons d'un air surpris.

— Un garçon ou une fille? demande Pascale.

— Ça peut être l'un ou l'autre, répond Mme Friselis. C'est à vous de décider. Nous allons aider à prendre soin d'une baleine.

— Excusez-moi, Madame Friselis, dis-je. Je ne crois pas qu'une baleine pourrait entrer dans la classe, ni même dans le gymnase.

Mme Friselis éclate de rire et explique : « Notre baleine va rester dans son habitat naturel, l'océan. Nous devons amasser des fonds pour payer les frais de parrainage. J'ai pensé que nous pourrions vendre les coquillages et les pierres que nous avons ramassés en revenant de notre excursion. »

Liza saisit un coquillage et le presse sur son cœur.

— Ne t'en fais pas, Liza, dit Mme Friselis. Celui-là, tu peux le garder. Les frais de parrainage iront à un organisme qui étudie les cétacés et cherche à les protéger contre les dangers causés par les hommes, comme la pollution de l'eau et la pêche illégale. Nous recevrons une photo de notre baleine et des bulletins d'information nous apprenant quand elle a été vue et comment elle se porte.

— Pouvons-nous choisir une de ces baleines? demande Hélène-Marie en désignant le babillard.

— Tout à fait, acquiesce Mme Friselis. Ces baleines ont été baptisées par des chercheurs. Ils peuvent les distinguer entre elles grâce à leur couleur, leurs cicatrices, leurs taches ou protubérances particulières, comme les callosités qui parsèment la tête des baleines franches.

Nous étudions le babillard. Laquelle de ces baleines devrions-nous choisir? Il y a Stratus, un rorqual à bosse; Chameau, un énorme rorqual bleu; Javelot, un jeune épaulard; Ange, une baleine franche; Grand Galop, un rorqual commun; Ondine et Bébé-Luga, une femelle béluga et son baleineau. Et il y a une foule d'autres cétacés à parrainer, baleines à bosse, rorquals communs, bélugas, ainsi que plusieurs dauphins.

— On devrait prendre Stratus, dit Hélène-Marie. Il pourrait chanter pour nous.

— Non, je préfère Chameau, lance Raphaël. C'est le plus gros.

Projet d'adoption de baleines
de Mme Friselis
Chameau
baleine bleue
Ange
baleine franche
Ondine et Bébé-Luga
bélugas
Grand Galop
rorqual commun
Stratus
rorqual à bosse
Javelot
épaulard

J'interviens alors : « Je crois qu'on devrait choisir Ange. Après tout, c'est une baleine franche qui nous a secourus, Thomas et moi. »

— Franchement, c'est une bonne idée, dit Thomas. Je vote pour Ange.

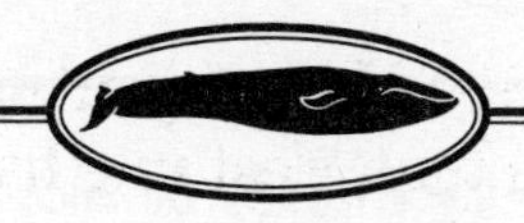

Notes de Mme Friselis

Sauvons les baleines

Autrefois, la chasse à la baleine était une activité florissante dans de nombreux pays, y compris les États-Unis et le Canada. De nos jours, les fanons et la graisse ont été remplacés par d'autres matériaux et produits.

Seuls quelques pays, dont le Japon et la Norvège, ont encore une industrie baleinière. Dans ces contrées, on continue de tuer les petits rorquals, les cachalots et d'autres espèces de baleines pour leur viande et leur huile.

Beaucoup de gens pensent qu'on ne devrait plus chasser les baleines. Il existe des lois limitant le nombre de baleines qui peuvent être tuées chaque année. La chasse est même interdite pour certaines espèces (baleines bleues, grises, franches, à bosse). Tant qu'il y aura des gens pour se soucier de leur protection, ces merveilleux cétacés continueront à nager dans les eaux de la planète.

Les cétacés du globe
par les élèves de Mme Friselis

Au cours de notre excursion, nous avons beaucoup appris sur les rorquals communs, les baleines à bosse, les épaulards et les baleines franches. Il existe bien d'autres espèces de cétacés. En voici quelques-unes (voir p. 4-5 pour connaître leur habitat).

Baleine bleue ou rorqual bleu

Ce cétacé à fanons est le plus gros animal du monde : il peut mesurer plus de 25 m et peser autant que 32 éléphants. Son cœur est de la taille d'une voiture Coccinelle de Volkswagen et ses yeux sont gros comme des pamplemousses. Les baleines bleues sont en fait d'une teinte bleu-gris.

Baleine boréale

Proche parente de la baleine franche de Biscaye, cette gigantesque baleine à fanons est de couleur noir et blanc et a une épaisse couche de graisse sous-cutanée. Sa taille peut atteindre 18 m et son poids, une centaine de tonnes.

La baleine boréale était une prise de choix pour les anciens chasseurs de baleines, qui en ont tué des milliers. Aujourd'hui, il en reste entre 3 000 et 5 000 seulement.

Baleine grise

Lors des excursions d'observation des baleines, ce cétacé à fanons a toujours beaucoup de succès. En effet, il est si curieux qu'il s'approche assez près des bateaux pour que les passagers puissent tendre la main et le toucher.

Les baleines grises mesurent entre 12 et 15 m. Les mâles pèsent une douzaine de tonnes et les femelles sont deux fois plus lourdes.

Cachalot macrocéphale

Le cachalot est le plus grand des cétacés à dents. Il peut mesurer jusqu'à 18 m, une taille comparable à celle de plusieurs cétacés à fanons. Son énorme tête compte pour un tiers de sa longueur totale.

Les cachalots macrocéphales vivent dans les profondeurs des océans et des mers du monde entier. Ils se nourrissent entre autres de calmars géants, de requins et de pieuvres géantes.

La baleine du célèbre roman Moby Dick, de Herman Melville, est un cachalot macrocéphale.

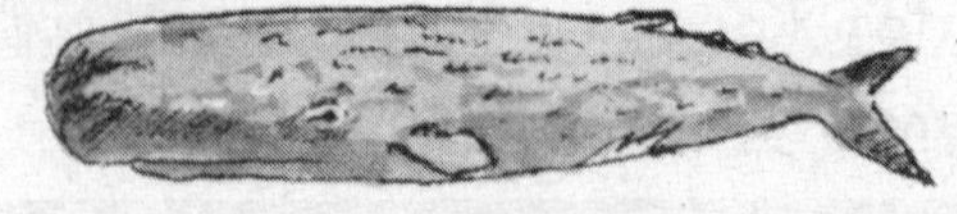

Dauphin à gros nez

Cette espèce est souvent en vedette dans les parcs d'attractions aquatiques. On entend fréquemment raconter que ces sympathiques cétacés à dents ont sauvé des gens de la noyade ou nagé en compagnie de baigneurs. Toutefois, dans leur habitat naturel, il leur arrive de s'attaquer entre eux et de se blesser.

Petit rorqual

Avec une taille maximale de 9 m et un poids n'excédant pas 10 tonnes, il est le plus petit des cétacés à fanons. De couleur noire ou grise, il se distingue par son ventre blanc et ses nageoires pectorales ornées d'une bande blanche.

Béluga

Ce cétacé à dents mesure environ 4 m et peut peser jusqu'à 1 1/2 tonne. Les baleineaux sont gris foncé, mais deviennent blancs à l'âge de 4 ou 5 ans. Grâce à sa couleur blanche, le béluga peut s'harmoniser avec l'environnement de neige et de glace de son habitat arctique.

Il est parfois appelé le « canari des mers » en raison de ses cris aigus qui rappellent le gazouillement des oiseaux. Son répertoire vocal est parmi les plus variés de toutes les baleines.

Narval

Un grand nombre de gens croient que la légende de la licorne aurait été inspirée par le narval. Sa corne est en réalité une incisive qui a traversé sa lèvre supérieure et s'est développée jusqu'à devenir une défense de 1 à 3 mètres de long.

Seuls les mâles ont une très longue défense et certains narvals en ont deux. D'après les experts, cette défense leur servirait pour les parades amoureuses, comme les bois des cerfs et des orignaux.

Adopte une baleine

Ta classe et toi pouvez adopter une baleine. Tu trouveras à la page suivante le nom de quelques organismes avec lesquels vous pouvez communiquer pour savoir comment vous y prendre.

Si tu as l'intention de parrainer une baleine, n'oublie pas de demander à un adulte de téléphoner ou d'écrire au programme d'adoption qui t'intéresse afin d'obtenir de l'information. Bonne chance!

PROGRAMME D'ADOPTION DE BALEINES GRISES

Coastal Ecosystems Research Foundation
2648 Tennis Cr.
Vancouver, C.-B.
V6T 2E1
tél. (sans frais) : 1 877 223-2373 (CERF)
courriel : info@cerf.bc.ca
site Web : http://cerf.bc.ca/français/baleines/adopt/index.asp

PROGRAMME D'ADOPTION DE BALEINES BLEUES

Station de recherche des îles Mingan
378, bord de la Mer
Longue-Pointe-de-Mingan (Québec)
G0G 1V0
tél. : (418) 949-2845
téléc. : (418) 949-2845
courriel : mics@globetrotter.net
site Web : http://www.rorqual.com/fadopt.htm

PARRAINEZ UN RORQUAL COMMUN

GREMM
C.P. 223
108, de la Cale Sèche
Tadoussac (Québec)
G0T 2A0
tél. : (418) 235-4701
téléc. : (418) 235-4325
courriel : info@gremm.com
site Web : http://www.gremm.com/5/5-3.html

ADOPTONS UN BÉLUGA

Institut national d'écotoxicologie du Saint-Laurent (INESL)
5040, de Mentana
Montréal (Québec)
H2J 3C3
tél. : (514) 279-2576
téléc. : (514) 279-2576
courriel : belandp@qc.aira.com
site Web : http://www.inesl.org/6/FS6.html